LES AMOURS DES DIEUX,

BALLET HEROIQUE,

REPRÉSENTÉ

PAR L'ACADEMIE ROYALE DE MUSIQUE;

Pour la première fois, le Dimanche quatorze Septembre 1727.

Remis au Théatre le Mardy 18 Juin 1737.

Et le Judy 12 *May* 1746.

LE PRIX EST DE XXX SOLS.

AUX DEPENS DE L'ACADEMIE.

On trouvera les Livres de Paroles à la Salle de l'Opera & à l'Academie Royale
de Musique, rue S. Nicaise.

M. D. CCXLVI.

AVEC APPROBATION ET PRIVILEGE DU ROY.

Les Paroles font de Monfieur FUZELIER.

La Mufique de Monfieur MOURET.

AVERTISSEMENT.

L'Ouvrage qu'on préfente fur le Théâtre, eft abfolument dans le genre héroïque, cela n'eft pas fans exemple ; & fi nous avons des Ballets qui ont réuffi fous les aufpices de Thalie, *nous en avons d'autres où* Melpomene *n'a pas dédaigné de paroître, & de placer fes fituations tragiques ; le Poignard fe montre deux fois dans l'Europe Galante.*

*L'Imagination feule n'a pas fourni le fujet du Prologue. Les Jeux funebres inftituez par les Sarmates à l'honneur d'*Ovide *ne font pas inventez,* ＊ *ils font Hiftoriques : Ces Peuples Sauvages adoucis par le plus tendre des Romains ne fe contenterent pas de l'aimer pendant fept années qu'il paffa dans fon exil ; fa memoire leur fut chere, ils pleurerent fa*

＊ Voyez la Préface de la Traduction des Elegies d'Ovide pendant fon exil, imprimée en 1723, chez d'Houry.

A ij

mort *&* lui éleverent près de la Ville de Tomes un Tombeau , monument de leur douleur *&* du pouvoir des Muſes : ce jour fut marqué par une cérémonie renouvellée tous les ans. Ainſi un Génie aimable deſtiné pour être les délices de Rome , n'obtint que ſur les bords glacez du Danube les honneurs que lui devoit le Tibre.

ACTEURS CHANTANS
dans les Chœurs.

CÔTÉ DU ROI.		CÔTÉ DE LA REINE.	
Mesdemoiselles.	*Messieurs.*	*Mesdemoiselles.*	*Messieurs.*
Dun.	Lefebvre.	Cartou.	Deserre.
Tulon.	Marcelet.	Monville.	Gratin.
Delorge.	Le Page-C.		St. Martin.
	Laubertie.	Lagranville.	Lemesle.
Larcher.	Fel.	Macon.	Chabou.
Delâtre.	Bourque.	Rollet.	Bellanger.
	Houbault.	Desgranges.	Levasseur.
Riviere.	Bornet.		Belot.
Cazeau.	Gallard.	Delorme.	Loüatron.
	Duchênet.	De Briere.	Terrasse.
Lurcy.	Rochette.	Gondré.	Chapotin.
			Quintin.

ACTEURS CHANTANS.

LA PRESTRESSE SCITE,
du Temple de l'Amour,   Mlle. Jaquet.

LE CHEF DES SARMATES ,   Mr. le Page.

UN SARMATE,   Mr. Poirier.

Sarmates.

Prestresses.

Amans des anciens Peuples du Nord.

PERSONNAGES DANSANS.

SAUVAGES.

Mr. Matignon. Mlle. Lyonois-L.

POLONOIS.

Mr. Monservin. Mlle. Carville.

SARMATES.

Mrs. Dumay , Dupré , Caillez , Feuillade.

Mlles. Rabon , Rosalie , Petit , Beaufort.

PROLOGUE.

Le Théatre repréfente le Temple de l'Amour de la Ville de Tomes , où les Sarmates célébroient tous les ans une Fête à l'honneur D'OVIDE ; fa Statue eft placée au milieu.

SCENE PREMIERE.

LA PRESTRESSE.

PRESTRESSES, AMOURS, JEUX & PLAISIRS; le Chef des SARMATES, & fa Suite.

LA PRESTRESSE.

VOUS, qui chaque Printems excitez nôtre zele,
  Pour honorer le plus fidele
  Et le plus cher de vos Sujets ,
Volez, Fils de Venus, fecondez nos projets ;
C'eft la Reconnoiffance, Amour, qui vous appelle.

LA PRESTRESSE.

Près de ce Monument que j'ai fait élever
Des Plaisirs & des Jeux que la Troupe s'arrête ;
Ovide est l'objet de la Fête ,
Tout Cythere doit s'y trouver.

LE CHEF DES SARMATES.

Peuples soumis aux Loix , & vous Peuples sauvages ,
Hâtez-vous , traversez le vaste sein des Mers ;
Rassemblez-vous ici , présentez vos hommages
Au Mortel renommé qui sur nos froids Rivages ,
Du plus doux des Vainqueurs fit connoître les fers.

Le jour qu'on l'exila , le Tibre sur ses traces
Vit partir aussi-tôt les Amours empressés ;
Le jour qu'il arriva dans nos climats glacés ,
Pour la premiere fois nous y vîmes les Graces ;
Sans lui nos cœurs , qu'il prit soin de former ,
Ne sçauroient pas encor aimer.

ENSEMBLE.

Ne tardez pas , suivez le devoir qui vous presse ,
Venez tendres Amans , venez , accourez-tous ;
Votre encens dans ces lieux devroit brûler sans cesse ,
Et le Tombeau d'Ovide est un Autel pour vous.

CHOEUR. Ne tardez pas , &c.

Les Amans & les Amantes des diverses Nations du Nord , accourent à la voix des Amours & des Plaisirs , & rendent leurs hommages à la Statue D'OVIDE.

SCENE II.

SCENE II.

LA PRESTRESSE, LE CHEF DES, SARMATES, & leur Suite ; Amans & Amantes de diverses Nations du Nord.

UN SARMATE.

Fiers Aquilons, de vos ravages
Nous ne sentons pas les horreurs :
Plus l'hyver glace nos rivages,
Plus l'Amour enflâme nos cœurs.

Si dans des climats plus tranquiles
Vous exilez les doux Zéphirs ;
Dumoins jamais de nos aziles,
Vous ne bannissez les Plaisirs.

    Fiers Aquilons, &c.

On danse.

LE CHEF DES SARMATES.

Du maître des Amans, du guide des Amours,
Que le nom dans ces lieux retentisse toujours ;
Fameux par son esprit, fameux par sa tendresse,
   Il connoissoit tous les détours
Des rives de Cythere, & des bords du Permesse.

Du maître des Amans, du guide des Amours,
Que le nom dans ces lieux retentisse toujours.

Le Chœur répéte les deux derniers Vers.   *On danse.*

B

LE CHEF DES SARMATES.

Nos Rivages
Ne font plus fauvages,
Depuis que ce féjour,
Au tendre Amour,
Rend des hommages.
Les Oyfeaux
Cheriffent nos Retraites ;
Nos Mufettes
Forment des chants plus beaux ;
L'Onde pure
Y mêle un plus doux murmure.

Dieu des Cœurs
Nous te devons ces charmes ;
Prend tes armes
Lance tes traits vainqueurs ;
Tes Conquêtes
Sont pour nous autant de Fêtes.

Le Zéphire
Sur nos bords foupire,
Depuis que ce féjour
D'un tendre amour
Connoît l'Empire.
Dieu charmant
Que par tout on adore
Nul n'ignore

Le prix de ton tourment ;
Nul n'ignore
Qu'il faut qu'enfin on t'implore ;
Oui , nos cœurs ,
Cheriſſent tes allarmes ,
Dans tes larmes
Nous trouvons des douceurs
Oui , tes armes
Ne ſont jamais ſans tes charmes.

On danſe.

LA PRÉTRESSE.

Vous qu'Ovide a conduits ſur ces Bords écartez,
Plaiſirs, efforcez-vous d'emprunter ſon langage ,
Et des Amours des Dieux par ſa Muſe chantez ,
Offrez à nos regards une fidele image.
Par un ſi beau ſpectacle , achevez aujourd'hui
Les jeux que nôtre zele a conſacrez pour lui.

ENSEMBLE.

Nous devons à jamais célébrer ſa mémoire,
Il nous a montré l'art d'attacher la victoire
Aux armes de Paphos ;
Ainſi que Mars , l'Amour a ſes Héros ;
Ainſi que Mars , l'Amour eſt ſuivi de la Gloire.

CHŒUR.

Nous devons à jamais , &c.

FIN DU PROLOGUE.

B ij

ACTEURS CHANTANS.

NEPTUNE,	Mr. de Chassé.
AMYMONE,	Mlle. Bourbonnois.
UN FAUNE,	Mr. Jeliote.

Tritons, Nereides, Matelots & Matelotes.

La Scene est sur le bord de la Mer.

PERSONNAGES DANSANS.

TRITONS;

Mrs Caillez , Feuillade , Malter-C.
Mlles Duchateau , Devaux , Minot.

MATELOTS.

Mr Pitro.

Mr Malter 3e. Mlle le Breton.

Mrs F. Dumoulin, Dangeville , Hamoche , Levoir.
Mlles Courcelle , St. Germain , Thiery ,
Lyonois-C.

PREMIERE ENTRÉE.

NEPTUNE ET AMYMONE.

Le Théatre représente la Mer, & un Rivage semé de Rochers.

SCENE PREMIERE.

AMYMONE.

S Olitude paisible ,
Cachez mes feux secrets ; retenez les Echos.
Et vous calme profond qui regnez sur les flots ,
　　Passez dans mon cœur trop sensible.
Sans cesse je reviens sur ces Rochers deserts
Où j'ai vû mon Vainqueur , où j'ai reçu ses fers.

Pour chercher chaque jour ces fauvages retraites ,
Je quitte la fraîcheur des Bois les plus charmans :
C'eft toujours dans les lieux témoins de leurs défaites
Que les tendres Amans
Rencontrent leurs plus doux momens.

Dieu de l'Onde , venez , hâtez vous de paraître ;
Vous ignorez des feux que vous avez fait naître ,
Un Faune témeraire ofe exiger de moi
Des vœux qui vous font dûs..... mais c'eft lui que
je voi...

SCENE II.

AMYMONE, UN FAUNE.

LE FAUNE.

ENfin , je vous trouve , Inhumaine ,
Demeurez : Vainement vous voulez m'éviter:
Si vous ne plaignez pas ma peine ,
Je fçaurai vous contraindre aumoins à l'écouter.

AMYMONE.

Ah ! contraignez plutôt un tranfport qui m'outrage.

LE FAUNE.

Non, non, c'eſt trop long-tems rebuter mon hommage,
Par vos cruels refus c'eſt trop être inſulté ;
Vous me faites ſouffrir le plus rude eſclavage,
Prétendez-vous jouir de votre liberté ?

Vous ne répondez pas ?.. que faut-il que je penſe ?...
Duſſiez-vous redoubler ma mortelle douleur,
Donnez un libre cours à votre indifference :
  Quoy ! n'avez-vous que le ſilence
  Pour m'annoncer vôtre rigueur ?

A M Y M O N E.

  Sur ce Rivage tranquile
  Je viens chercher le repos.
  Je ne veux dans cet azile
  Ecouter que les Echos.

LE FAUNE.

Non, ſur ce Rivage paiſible
Ce n'eſt pas le repos qui charme votre cœur,
Vous y venez rêver à quelqu'heureux Vainqueur,
Votre trouble m'apprend que vous êtes ſenſible.

A M Y M O N E.

  Mon trouble hélas vous apprend
  Que je crains, & non que j'aime.
  Devenez indifferend,
  Vous verrez dans l'inſtant même

S'apaifer ce trouble extrême ,
Qui m'agite & vous furprend.

LE FAUNE.

Croyez-vous m'aveugler par une feinte vaine ?
L'Amour jaloux m'éclaire , & fon flambeau fatal
Malgré vous , malgré moi , me fait voir votre haine ;
Je cherche dans vos yeux le doux prix de ma peine,
J'y vois le bonheur d'un Rival.

AMYMONE.

Que dites-vous? ô Dieux ! non , mon cœur n'eft point
tendre.

LE FAUNE.

Ah ! que vous vous deffendez mal,
En vous preffant de vous deffendre !

C'eft ici , je le voi, qu'une fecrette ardeur
A fçu vaincre votre froideur…
Chaque jour fans témoins vous venez vous y rendre.

Sur ces bords écartez la terre fans appas
Ne fe pare jamais de fleurs & de verdure ;
Il n'eft point dans ces lieux de ruiffeau qui murmure :
Non , des Indifferens n'y portent point leurs pas.
Eh ! quels attraits pourroient vous plaire
Sur ce Rivage folitaire
Si l'Amour à vos yeux ne l'embelliffoit pas?

Que

Que vois-je ? votre trouble augmente...
Je fens redoubler mon couroux.
Vous voyez fans pitié le mal qui me tourmente,
Vous voulez fuir encor... eh quoy ! l'efperez-vous ?

AMYMONE.

Comment voulez-vous qu'on vous aime ?
Dans vos difcours, votre tendreffe-même
Infpire de l'effroi.
Le dépit armé de menaces,
Vole fans ceffe fur vos traces ;
Lorfque l'Amour prétend que l'on fuive fa loi,
Il la doit annoncer par la bouche des Graces.

LE FAUNE.

D'inutiles foupirs ne font pas faits pour moi ;
De tant de vains détours ma tendreffe s'offenfe :
Vous poffedez mon cœur, je vous donne ma foi ;
Il faut qu'un prompt aveu couronne ma conftance.

AMYMONE.

Dieux ! ô Dieux ! quelle violence !

LE FAUNE.

Si vous avez des Dieux pour vous,
J'aurai pour moi le plus puiffant de tous ;
C'eft leur Vainqueur, c'eft l'Amour qui m'infpire.

AMYMONE.

Neptune, vous fouffrez que près de votre empire,

C

L'Innocence redoute un funeste danger,
Tout vous dit de me proteger.

S C E N E III.

NEPTUNE sortant de la Mer, AMYMONE,
LE FAUNE, TRITONS.

N E P T U N E.

Tritons, allez punir ce Faune téméraire.

A M Y M O N E.

C'est vous qui me vangez, quel secours glorieux ?

N E P T U N E.

Les Arrests de votre colere
Sont executés par les Dieux. *

* Les Tritons emmenent le Faune.

S C E N E IV.

AMYMONE, NEPTUNE,

A M Y M O N E.

Es Dieux deffendent l'innocence,
C'est ce que j'éprouve aujourd'hui.
Contr'un audacieux, contre sa violence
Mon cœur mèritoit votre appui.

NEPTUNE.

Il vous aime , quel crime ! & qu'il eſt pardonnable !
Ah ! quand je punis ce coupable ,
Je ſuis plus criminel que lui.

AMYMONE , *à part.*

L'ai-je bien entendu ? quel aveu favorable !

NEPTUNE.

Jeune Beauté , vos yeux vainqueurs
Se font rendre ſans ceſſe un tribut légitime.
Si l'amour vous paroît un crime ,
Vous ne verrez jamais que de coupables cœurs.

Vous vous troublez !… eh ! que pouvez-vous craindre ?
Parlez. Ceſſez de vous contraindre ,
Un Dieu tendre & ſoumis doit-il épouvanter ?

AMYMONE.

La flâme d'un cœur téméraire
N'offre que des périls que l'on peut éviter :
Mais l'Amour eſt à redouter
Dans un Amant digne de plaire.

NEPTUNE.

O Ciel ! ferois-je aſſez heureux
Pour vous faire ſentir cette charmante crainte ?

AMYMONE.

Quand mon cœur éperdu vous adreſſoit ſa plainte ,
Ce n'étoit pas le Dieu qu'imploroient tous mes vœux.

C ij

Vous venez de punir une ardeur qui m'offense ,
De votre empreſſement que mon cœur eſt charmé !
  Ah ! qu'il eſt doux de devoir ſa deffenſe
  Au ſecours d'un Amant aimé.

N E P T U N E.

Vous reſſentez mes feux , & vous daignez le dire ;
Partagez mon pouvoir ainſi que mon ardeur.

A M Y M O N E.

  Je veux regner ſur votre cœur ;
   C'eſt l'unique empire
   Que le mien deſire :
Compte t'on pour un bien l'éclat de la grandeur ,
   Quand on ſoupire ?
L'Amour ſeul , des Amans peut faire le bonheur.

E N S E M B L E.

  Me ſerez-vous toujours fidelle ?
  Ah ! ſi vous ceſſiez de m'aimer ,
Quel ſupplice pour moi qu'une vie immortelle !
  Non , rien ne doit vous allarmer ;
  Je vous ſerai toujours fidelle.

N E P T U N E.

Accourez ſur ces Bords , vous qui ſuivez mes loix ,
Raſſemblez-vous , venez applaudir à mon choix.

SCENE V.

NEPTUNE, AMYMONE, NEREIDES, TRITONS, ET MATELOTS.

NEPTUNE.

AU vaste Sein des Mers Venus a pris naissance,
Et son Fils dans ce jour m'offre pour récompense
Le plus aimable Objet qui brille sous les Cieux.
 Quel prix charmant & glorieux !
Du Dieu qui m'a soumis qu'il marque la puissance !
 Jamais l'Amour pouvoit-il mieux
 Signaler sa reconnoissance ?

Que sur ces bords parés de ses attraits,
 Le Vainqueur de Cythere
 Vole & regne à jamais :
Aux lieux qu'il embellit, pourroit-il se déplaire ?
Par la main des Plaisirs qu'il nous lance ses traits.

CHŒUR.

Que sur ces bords parez de ses attraits,
 Le Vainqueur de Cythere
 Vole & regne à jamais :
Aux lieux qu'il embellit, pourroit-il se déplaire ?
Par la main des Plaisirs qu'il nous lance ses traits.

On danse.

UNE MATELOTTE, alternativement
avec le Chœur.

Soupirez aimable Jeuneſſe ,
Profitez de vos beaux jours.

Que le Tems qui vous rit ſans ceſſe
S'envole ſans trop preſſer ſon cours.

Soupirez aimable Jeuneſſe ,
Profitez de vos beaux jours.

Hâtez-vous d'éprouver les biens de la tendreſſe ,
Prévenez de fâcheux retours.
Jamais la ſévere Vieilleſſe
Ne doit ſe montrer aux Amours.
Soupirez aimable Jeuneſſe ,
Profitez de vos beaux jours.

On danſe.

UNE MATELOTTE.

Jeunes Cœurs , quittez le rivage ,
Embarquez-vous avec l'Amour :
Souvent il nous fait dans l'orage ,
Goûter les douceurs d'un beau jour ;
Partez , qu'à vos vœux tous réponde,
Vous allez voir voler ſur l'Onde
Autant de Jeux que de Zéphirs.
N'allez pas conſulter la Raiſon ſur la route,
On s'égare quand on l'écoute,
Elle épouvante les Plaiſirs.

Dans le Port du bonheur suprême
Si l'on veut arriver,
C'est dans les yeux de ce qu'on aime
Qu'il faut apprendre à le trouver.

On danse.

C H Œ U R.

Que sur ces bords parez de ses attraits,
Le Vainqueur de Cythere
Vole & regne à jamais :
Aux lieux qu'il embellit pourroit-il se déplaire ?
Par la main des Plaisirs qu'il nous lance ses traits.

FIN DE LA PREMIERE ENTRÉE.

ACTEURS CHANTANS.

BACCHUS,   Mr. de Chaffé.
ARIANE,   Mlle. Chevalier.
UNE BACCHANTE,   Mlle. Jaquet.

Egipans,

Bacchantes,

La Scene eft fur un Rivage folitaire de l'Ifle
de Naxos.

PERSONNAGES DANSANS.

FAUNES.

Mr. Dupré.

Mrs. Dumay, Dupré, Matignon, Malter-C.
P. Dumoulin, Device.

BACCHANTES.

Mlle. Camargo.

Mlles. Rozalie, Rabon, Erny, Petit,
Thiery, Minot.

SECONDE

SECONDE ENTRÉE.

ARIANE ET BACCHUS.

Le Théatre représente un Rivage solitaire de l'Isle de Naxos : on voit dans le lointain un Vaisseau qui fuit à pleines voiles.

SCENE PREMIERE.

ARIANE *sortant avec transport entre les Rochers.*

ARIANE.

Uoi , tu fuis Ariane, infidele Thesée...
As-tu pû concevoir ce barbare dessein...
Dieux ! quels sermens trahis ! quelle ardeur
    méprisée !
Tu serois moins ingrat en me perçant le sein.

D

Reviens parjure Amant , si tu vois mes allarmes ,
Pourras-tu refuser de me rendre ton cœur ?
Tu fuis , hélas! crains-tu de voir couler mes larmes?
    Crains-tu d'écouter ma douleur ?

Avec mon desespoir ton crime croît sans cesse ;
On peut te pardonner l'oubli de mes attraits ,
    Et non celui de ma tendresse :
Ah ! que n'es-tu témoin de mes tristes regrets !
Reviens parjure Amant , si tu vois mes allarmes ,
Pourras-tu refuser de me rendre ton cœur ?
Tu fuis , hélas ! crains-tu de voir couler mes larmes?
    Crains-tu d'écouter ma douleur ?

Mais je n'apperçois plus le Vaisseau du perfide...
Neptune , vous souffrez que Zephire le guide...

Dieu des Flots , d'un Barbare exaucez-vous les vœux ?
    Montrez vos droits , vangez mes feux.
Donnez à l'Innocence un secours légitime.
    Prêtez-vous un azile au crime ?
Ah ! justifiez-vous par un orage affreux.

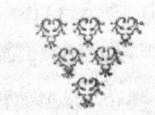

SCENE II.

ARIANE, EGIPANS ET BACCHANTES
qu'on ne voit point.

CHŒUR.

Princesse, oubliez un Volage,
Vos yeux charmans sont-ils faits pour les pleurs ?

ARIANE.

Qu'entens je ? hélas ! sur ce rivage
Qui peut déplorer mes malheurs ?

CHŒUR.

Princesse oubliez un Volage,
Vos yeux charmans sont-ils faits pour les pleurs ?

SCENE III.

Le Théatre change. La Mer & les Rochers disparois-
sent. On découvre de toutes parts des Côteaux char-
gés de Vignes en berceaux, peuplés de Bacchantes
& de Satires.

ARIANE, EGIPANS, ET BACCHANTES.

ARIANE.

Quel prodige nouveau ! les fruits & la verdure
Naissent de toutes parts !
Mille Berceaux fleuris cachent à mes regards

Les Flots complices d'un Parjure !
Du Dieu vainqueur de l'Inde on voit l'aimable Cour...
Pour qui prend-elle soin d'embellir ce sejour ?

C H Œ U R.

Nous venons terminer vos peines :
Votre Amant a changé, changez à votre tour.
Oublier un Ingrat qui rompt de douces chaînes ,
Ce n'est pas offenser l'Amour.

A R I A N E.

Vous condamnez envain le charme qui m'abuse ;
Inutiles conseils ! hélas ! dans cet instant
Ma raison les approuve & mon cœur les refuse ;
Quel supplice cruel d'aimer un Inconstant.

C H Œ U R.

Quelle fatale erreur d'aimer un Inconstant !

S C E N E IV.
A R I A N E, B A C C H U S.

A R I A N E , *à part.*

Dieux ! j'apperçois Bacchus lui-même ,
Dérobons-lui mon trouble extrême.

B A C C H U S.

Charmante Princesse , arrêtez.
Sur ces Bords écartez

J'ai vû couler vos larmes ;

Le defefpoir guidoit vos pas ;

Et loin d'effacer vos appas ,

La douleur dans vos yeux mettoit de nouveaux
charmes :

Vos regrets, vos foupirs dans ce trifte moment

Formoient la chaîne qui m'engage ;

En pleurant un Amant volage

Vous faifiez un fidele Amant.

A R I A N E.

Ah ! que me faites-vous entendre !

Ce difcours convient-il à mes cruels malheurs ?

B A C C H U S.

Songez que c'eft un Dieu qui vient fécher les pleurs

Qu'un indigne Mortel vous force de répandre.

A R I A N E.

Pour le fuivre l'Ingrat, j'abandonnois des lieux

Commandez par un Roy formé du fang des Dieux :

Vainement le Devoir févére

Rappelloit dans mon cœur les vertus de mon Pere,

Et les droits du féjour de mes facrez Ayeux ;

Amour, je n'écoutois que ton ordre suprême,

Tu me difois, hélas ! dans ces tendres momens :

Fuis Ariane, fuis, je te conduis moi-même,

Accompagne un Heros qu'engagent fes Sermens,

Qu'importe, quels climats habitent les Amans ;

La Patrie eft toujours où l'on voit ce qu'on aime.

BACCHUS.

Thefée ingrat, Thefée abfent,
Triomphe ainfi de la préfence,
Et de l'amour d'un Dieu puiffant :
Thefée ingrat, Thefée abfent,
Sur votre cœur trahi, regne avec violence,
Son nom dans votre bouche à chaque inftant m'offenfe.
Ah ! fi l'amour ne vous dit rien pour moi,
Ecoutez du moins la vangeance.
Oubliez un Ingrat qui vous manque de foi,
Et de fon châtiment faites ma récompenfe.
Ah ! fi l'amour ne vous dit rien pour moi,
Ecoutez du moins la vangeance.

ARIANE.

Non, non, il eft trop dangereux
D'écouter le dépit, fecondé par les vœux
D'un Dieu puiffant qui s'éforce de plaire.

BACCHUS.

Ne voyez point mon rang, ne voyez que mes feux.

ARIANE.

C'eft de votre amour feul que je veux me diftraire.

BACCHUS.

Que l'Hymen en ce jour nous uniffe tous deux.

ARIANE.

Quoi ! Fils de Jupiter, par ce brillant hommage
Vous m'offrez d'effacer ma honte & mon outrage ?

BACCHUS.

Je redouble ma gloire en formant ces beaux nœuds.

Calmez vos funeftes allarmes ,
Daignez partager mes Autels ;
Réparer l'honneur de vos charmes ,
C'eft un emploi digne des Immortels.
Je n'exige de vous que l'oubli d'un Volage.

ARIANE.

O Ciel !

BACCHUS.

Vous vous troublez ! expliquez ce langage...
Pourrois-je me flatter d'un heureux changement ?

ARIANE.

Thefée abandonnoit une Amante fidelle ,
Mais , hélas ! depuis un moment
Sa fuite n'eft plus criminelle.

BACCHUS.

Qu'entens-je ? achevez mon bonheur ;
N'accordez plus , belle Princeffe ,
De foupirs à votre douleur ,
Refervez-les à ma tendreffe.

ARIANE.

Ne me reprochez plus ce trifte fouvenir ,
Vous fçavez trop bien le banir.
Des charmes de l'Amour ne peut-on fe défendre ?

BACCHUS.

Il triomphe de tous les cœurs.

ARIANE.

Ah ! devroit-on deux fois fe rendre
Au plus dangereux des Vainqueurs ?

ENSEMBLE.

Des charmes de l'Amour $\begin{Bmatrix} \text{ne peut-on} \\ \text{on ne peut} \end{Bmatrix}$ fe défendre.

Il triomphe de tous les cœurs.

Ah ! $\begin{Bmatrix} \text{devroit-} \\ \text{voudroit-} \end{Bmatrix}$ on $\begin{Bmatrix} \text{deux fois} \\ \text{ne pas} \end{Bmatrix}$ fe rendre.

Au plus $\begin{Bmatrix} \text{dangereux} \\ \text{aimable} \end{Bmatrix}$ des Vainqueurs ?

SCENE V.

SCENE V.

BACCHUS, ARIANE, LES EGIPANS
ET LES BACCHANTES *se placent sous les Berceaux , & forment des Groupes variés.*

BACCHUS.

PRéparez de nouvelles Fêtes
Au cher Objet de mon amour.

Vous qui dans les climats où commence le jour
Avez par vos exploits secondé mes Conquêtes ,
De Myrthes couronnez vos têtes :
Venus doit à présent vous compter dans sa Cour.

Préparez de nouvelles Fêtes
Au cher Objet de mon amour.

CHŒUR.

Triomphez , Princesse charmante ,
Partagez la gloire éclatante
Du Fils du plus puissant des Dieux.
La Couronne qu'il vous présente
Doit un jour briller dans les Cieux.

On danse.

E

UNE BACCHANTE.

Viens, Fils de Venus,
Viens dans ces beaux lieux trouver Bacchus :
Quand des Cieux tu defcens fur la terre,
Cours au verre
Tremper tes traits,
Son Nectar augmente leurs attraits.
Regne fous la Treille,
Que tes fers font doux & charmans !
Quand la Vigne vermeille
Sert d'azile aux heureux Amans !
Cher Bacchus, l'Amour t'implore,
Tendre Amour, Bacchus t'adore ;
Triomphez puiffans Vainqueurs,
Nous fentons le prix de vos faveurs ;
Partagez tous deux l'encens des cœurs,

On danfe.

ARIANE.

Chantez Bacchus & fes dons précieux,
Mortels, dans vos chagrins fa liqueur vous confole :
La Terre a fon Nectar auffi-bien que les Cieux,
Dès qu'il coule, l'ennui s'envole :

Il calme nos regrets, il flate nos defirs,
Il interrompt nos pleurs, il fufpend nos allarmes :
A la trifte raifon il ne ravit les armes,
Que pour les donner aux plaifirs :
De la plus belle Fête il redouble les charmes.

Chantez Bacchus & ſes dons précieux,
Mortels, dans vos chagrins ſa liqueur vous conſole :
La Terre a ſon Nectar auſſi-bien que les Cieux,
  Dès qu'il coule, l'ennui s'envole.

On danſe.

UNE BACCHANTE.

Jeunes Beautés, qu'un Infidele outrage,
Gardez-vous bien de lui donner des pleurs :
    Le moindre des malheurs
    Eſt de perdre un volage ;
  Ne vous vangez de l'inconſtant
      Qu'en l'imitant.

C H Œ U R.

  Triomphez, Princeſſe charmante,
  Partagez la gloire éclatante
  Du Fils du plus puiſſant des Dieux ;
  La Couronne qu'il vous préſente
  Doit un jour briller dans les Cieux.

FIN DE LA SECONDE ENTRÉE.

ACTEURS CHANTANS.

APOLLON , *en Berger* ,   Mr. Jeliote.

CORONIS , *Amante d'*IPHIS ,

*aimée d'*APOLLON ,   Mlle. Fel.

IPHIS , *Berger* , *Amant de*

  CORONIS ,   Mr. le Page.

ISMENE , *Bergere* , *Amie de*

  CORONIS ,   Mlle. Bourbonnois.

MERCURE ,   Mr. de la Tour.

Bergers & Bergeres.

La Scene eft dans un Hameau de la Theffalie.

PERSONNAGES DANSANS.

BERGERS ET BERGERES.

Mr. D-Dumoulin. Mlle Camargo.

Mlles. Courcelle , Lyonois , St. Germain.

Mrs. Hamoche , Levoir , P-Dumoulin , Device ,
Lyonois , Saunier.

Mlles. Erny , Beaufort , Thiery , Minot ,
Lyonois-C. Duchateau.

TROISIEME ENTRÉE.

APOLLON ET CORONIS.

Le Théatre repréfente un Hameau de la Theffalie.

SCENE PREMIERE.

CORONIS, ISMENE.

ISMENE.

 Our vous quelle gloire nouvelle,
Aimable Coronis ! quoi, ce Berger fidelle,
Qui fur vos pas foupire nuit & jour,
C'eft Apollon !

CORONIS.

Banni par le Dieu du tonnere,
Le plus beau climat de la terre
Le dédommage ici du célefte féjour.

ISMENE.

Pourquoi dérobez-vous ce triomphe à l'Amour ?

Non , je ne connois que vos charmes
Qui puiſſent effacer le ſouvenir des Cieux.
Vous contraignez les Dieux
A vous rendre les armes :
Non , je ne connois que vos charmes
Qui puiſſent effacer le ſouvenir des Cieux.

Vous ne m'écoutez pas...

CORONIS.

Veux-tu te faire entendre ?
Ne me parle plus que d'Iphis ?

ISMENE.

D'Iphis ! que dites-vous ? & qu'allez-vous m'apprendre ?

CORONIS.

Un ſecret que mes yeux devroient t'avoir appris.

Un feu nouveau me dévore ,
Rien n'égale ſa douceur :
Sans cette aimable ardeur ,
J'ignorerois encore
Les plus charmans plaiſirs que peut goûter un cœur.

ISMENE.

Quoy , vous changez !

CORONIS.

L'Amour me le pardonne ;
J'aime Iphis , ce jeune Etranger.

ISMENE.

Coronis abandonne
Un Dieu pour un Berger !

CORONIS.

Tu n'as jamais aimé , fi mon aveu t'étonne.

ISMENE.

Comment deffendrez-vous votre legereté ?
Le Rang d'Apollon vous accufe.

CORONIS.

Apollon lui-même m'excufe ,
Lorfqu'il m'inftruit de fa divinité.

Le Fils de Jupiter , le Dieu qui nous éclaire ,
Par l'hymen près de moi ne peut-être arrêté ;
C'eft un crime pour lui que de m'avoir fçu plaire.

Gardons-nous de former des vœux
Que fuit une honte certaine :
Amour , on doit brifer ta plus aimable chaîne
Quand l'hymen ne doit pas en refferrer les nœuds.

ISMENE.

Près d'un Amant que votre cœur offenfe ,
Votre legereté voudroit changer de nom ,

Et vous prêtez à l'inconstance
Le langage de la raison ?

Mais, Iphis doit trembler du destin d'Apollon.

CORONIS.

Je lui cache le sort de ma premiere flàme …

ISMENE.

Et vous le trahissez par ce déguisement …

CORONIS.

Ce n'est pas trahir un Amant
Que d'épargner des soins & du trouble à son âme.

ISMENE.

Ne prévoyez-vous pas cent périls dans ce jour ?..

CORONIS.

Le bandeau de l'Amour
Laisse voir ses plaisirs, & nous cache ses peines.
Dans un cœur trop sensible, enchanté de ses chaînes,
La Raison n'a point de retour.
Le bandeau de l'Amour
Laisse voir ses plaisirs, & nous cache ses peines.

On vient. C'est Apollon : déguisons mon ardeur.…
Quel triste moment pour mon cœur !

SCENE II.

SCENE II.

APOLLON, CORONIS.

APOLLON.

JE ne m'occupe plus que de mon feu sincere :
Charmante Coronis, le bonheur de vous plaire
  Du souverain Maître des Dieux
  M'a fait oublier la colere ;
  En vain il m'a banni des Cieux,
  Je les retrouve dans vos yeux.
Vous connoissez enfin l'Amant qui vous engage...

CORONIS.

Peut-être avez-vous cru par un brillant hommage
Flater un jeune cœur, animer ses desirs,
  Et que j'aimerois davantage,
Quand je sçaurois qu'un Dieu m'adressoit ses soupirs,

APOLLON.

Je vous ai fait l'aveu de ma grandeur suprême,
Pouvois-je vous cacher le sort de votre Amant?
  Le plus leger déguisement
  Devient un crime quand on aime.

  Depuis qu'inconnu sur ces bords
  Je prens soin des troupeaux d'Admette;

F

Vous daignez de ma flâme approuver les tranſports,
  Quelle felicité parfaite !
Le Sort m'a fait Berger pour combler mes deſirs :
Qu'en reſtant dans les Cieux je perdois de plaiſirs !

C O R O N I S.

  Quelque ſoit l'excès de ſa flâme ,
Un Dieu n'a pas long-tems les tranſports d'un Berger.
Et lorſque la Grandeur lui parle de changer ,
  L'Amour ſort bien-tôt de ſon âme.
  Quelque ſoit l'excès de l'excès de ſa flâme ,
Un Dieu n'a pas long-tems les tranſports d'un Berger.

A P O L L O N.

Connoiſſez mieux & mon cœur & vos charmes ;
Non , ils ne ſont pas faits pour l'infidelité.
  Ma Conſtance & votre Beauté
  Condamnent vos allarmes.
Connoiſſez mieux & mon cœur & vos charmes ;
Non , ils ne ſont pas faits pour l'infidelité.

On voit MERCURE *deſcendre des Cieux, & traverſer le Théatre.*

C O R O N I S.

Quel Dieu du haut des Cieux deſcend dans nos Boc-
  cages ?

A P O L L O N.

  C'eſt Mercure. Sous ces ombrages
  Quel deſſein l'amene aujourd'hui ?

C O R O N I S.

Il paroît vous chercher : je vous laiſſe avec lui.

SCENE III.

MERCURE APOLLON.

MERCURE.

JUpiter veut enfin oublier votre offense,
Il répond aux defirs de cent climats divers :
Il vous rappelle ; il faut jouir de fa clemence,
Quittez la Terre, allez, les Cieux vous font ouverts.

Sur votre Char brillant volez, rendez au monde
    Le Dieu qui feul doit l'éclairer.

L'Olympe vous attend ; partez fans differer :
Rendez à l'Univers votre clarté féconde :
Pour embellir les Cieux, la Terre & l'Onde,
    Il fuffira de vous montrer.

Sur votre Char brillant, volez, rendez au monde
    Le Dieu qui feul doit l'éclairer.

APOLLON.

Mercure, je rends grace au zele
    Qu'aujourd'hui vous me faites voir.
    Allez, je fuivrai mon devoir ;
Apollon doit partir, quand Jupiter l'appelle.

F ij

SCENE IV.
APOLLON.

On entend le Prélude d'une Fête champêtre.

Quels font ici les Jeux que j'entends célébrer?...
Mais cherchons Coronis. Allons lui déclarer
Que Jupiter enfin excufe mon offenfe...

Ah ! Dieu cruel que je hais ta clemence?
Elle va m'éloigner de l'Objet de mes feux ,
Et retarder le prix de ma perféverance...
M'accorder un pardon fi contraire à mes vœux ,
Ce n'eft pas appaifer ton courroux rigoureux ;
C'eft redoubler encor ta fatale vangeance.

SCENE V.
IPHIS, BERGERS ET BERGERES.
IPHIS.

CHantez, Bergers, chantez, reveillez. vous Echos,
Répondez à nos voix , imitez nos mufettes :
Que notre fort eft doux dans ces belles retraites ?
L'Amour même jamais n'en trouble le repos.

CHŒUR. Chantons , réveillez-vous , Echos , &c.

LA BERGERE.

Dans nos Champs s'il coule des larmes ,
Des Ingrats
Ne nous les arrachent pas.
Nous pouvons aimer sans allarmes ,
Ici tous les cœurs
Ne sont jamais vains ni trompeurs :
La Bergere ignore ses charmes,
Et l'art de changer
N'est pas sçu du Berger.

Pour les cœurs à l'Amour rebelles ,
De nos champs ,
Les réduits sont moins touchans
Des Ruisseaux & des Tourterelles,
Ils ne sentent pas ,
Le doux murmure & les appas.
Et pour eux nos fleurs sont moins belles.
A quoi sert le jour
Sans le flambeau d'Amour ?

On danse.

SCENE VI.

CORONIS, IPHIS, ISMENE, BERGERS.

CORONIS, au fond du Théatre, à part.
à *ISMENE.*

Pollon quitte enfin ces lieux ,
Rien ne m'allarme plus , j'ai reçu ses adieux…

Elle apperçoit IPHIS & les Bergers

Mais , c'est vous , cher Iphis ! quelle Fête galante…

IPHIS.

C'est ma felicité que sur ces Bords on chante.

A l'Auteur de vos jours je viens d'ouvrir mon cœur ,
Conduit par l'esperance , inspiré par ma flâme ,
Mes respects , mes soûpirs ont attendri son âme ,
Il veut que votre main couronne mon ardeur.

Que ce jour a pour moi de charmes !
L'Hymen me donne enfin ce que me doit l'Amour.
Et le bien le plus doux accordé sans retour ,
Va payer mes tendres allarmes.
Que ce jour a pour moi de charmes !
L'Hymen me donne enfin ce que me doit l'Amour.

CORONIS ET IPHIS.

Amour , rendez toujours aimables
Des nœuds que l'Hymen rend durables !
Regnez : ne nous quittez jamais :
Nos tendres cœurs méritent vos bienfaits.

CORONIS, *aux Bergers.*

Recommencez vos jeux fous ce paifible ombrage.
De deux Amans heureux célébrez les tranfports,
Oifeaux , à leurs chanfons joignez un doux ramage ;
Vous Ruiffeaux , qui baignez les Fleurs de ce Rivage,
Mêlez votre murmure à leurs tendres accords.

IPHIS.

Que tout ici retentiffe
Des appas de Coronis.

CORONIS.

Que tout applaudiffe
A l'amour d'Iphis.

ENSEMBLE.

Que leurs noms , que leurs cœurs foient à jamais unis.

CHŒUR.

Que tout ici retentiffe
Des appas de Coronis :
Que tout applaudiffe
A l'amour d'Iphis :
Que leurs noms , que leurs cœurs foient à jamais unis.

SCENE VII.

APOLLON, CORONIS, ISMENE, IPHIS, BERGERS.

APOLLON, à part, au fond du Théatre.

PRêt à monter aux Cieux, quels chants viens-je
    d'entendre ?
A ce funeste outrage aurois-je dû m'attendre ?
La Perfide ! *

    *APOLLON avance & veut frapper CORONIS de son javelu ;
    il est retenu par IPHIS.*

IPHIS, à APOLLON.

Arrêtez, Berger trop inhumain.

CORONIS, à IPHIS, se mettant entre lui & APOLLON.

C'est un Dieu, sauvez-vous, votre courage est vain,
Sauvez-vous, cher Iphis....

    Les CHŒURS se retirent avec effroi.

APOLLON.   L'ingrate !... l'infidelle....
Lorsqu'elle doit trembler, lorsqu'elle est criminelle,
    Elle ne craint que le trépas
D'un Mortel téméraire, aussi coupable qu'elle...
Ah ! sa terreur me montre où doit frapper mon bras...
Meurs indigne Rival...

    *CORONIS entraîne IPHIS dans la Coulisse, où APOLLON lance
    son Javelot.*

                      CHŒUR.

CHŒUR derriere le Théatre,

O difgrace cruelle !

APOLLON.

Enfin , je fuis vangé de l'audace d'Iphis...

CHŒUR , derriere le Théatre.

Helas ! le même trait a frappé Coronis !
L'Amour les uniſſoit, le trépas les raſſemble ;
Ils expirent enſemble !

APOLLON.

Le Deſtin m'à donc mieux ſervi que ma fureur...
Je me fuis d'un ſeul coup immolé deux victimes...

CHŒUR , derriere le Théatre.

Quel ſpectacle affreux ! quelle horreur !

APOLLON.

Bergers , qui n'eſtimez qu'une ſincere ardeur ,
Devez-vous les pleurer vous qui ſçavez leurs crimes ?

CHŒUR , derriere le Théatre.

Portons ces deux Amans dans le même Tombeau,
Que l'Amour avec eux enferme ſon flambeau.

G

SCENE VIII.
APOLLON.

JE frémis.... leurs regrets malgré-moi , m'atten-
drissent.
De funeftes remords me frappent... me faififfent..
Qu'ay-je fait ! Coronis... quoi , ma barbare main
A donc lancé le trait qui vous perce le fein ? ...
O Ciel ! vous defcendez fur les Rivages fombres...
Et mon Rival vous fuit dans l'Empire des Ombres...
Coronis , vous mourez.., ô deftin trop cruel !...
Coronis vous mourez & je fuis immortel !

Forcé de vivre , hélas ! par une loi fuprême
Que rien ne peut changer ,
Quel defefpoir extrême !
C'eft par moi que je perds le cher Objet que j'aime ,
J'ai pû caufer fa mort , je ne puis la vanger.

Que l'Univers entier reffente mes allarmes ,
On ne fçauroit trop répandre de larmes
Pour le fang que ma rage a verfé dans ce jour...
Ah ! cachons mes fureurs dans une nuit profonde ,
Et ceffons d'éclairer le Monde ,
Puifque je n'y vois plus l'Objet de mon amour.

FIN DE LA III°. ET DERNIERE ENTRÉE.

APPROBATION.

J'Ai lû par ordre de Monseigneur le Chancelier une réimpression *des Amours des Dieux*, *Ballet Héroïque*, dont les représentations ont toujours été favorablement reçues du Public. A Versailles ce 5 May 1746.

DEMONCRIF.

PRIVILEGE DU ROY.

LOUIS par la grace de Dieu, Roy de France & de Navarre : A nos amés & feaux Conseillers, les Gens tenans nos Cours de Parlemens, Maîtres des Requêtes ordinaires de nôtre Hôtel, Grand'Conseil, Prevôt de Paris, Baillifs, Sénéchaux, leurs Lieutenans Civils, & autres nos Justiciers qu'il appartiendra, Salut. Nôtre très-cher & bien amé le Sieur LOUIS-ARMAND EUGENE DE THURET, cy-devant Capitaine au Regiment de Picardie ; Nous a fait représenter que, par Arrest de nôtre Conseil du 30 May 1733. Nous avons revoqué le Privilege qui avoit été accordé au Sieur le Comte & ses Associez, pour raison de l'Academie Royale de Musique, ses circonstances & dépendances, & rétabli ledit Privilege en faveur dudit Sieur Exposant, pour en joüir par lui, ses Associez. Cessionnaires & ayans-cause aux charges & conditions portées par ledit Arrest, pendant le temps & espace de vingt-neuf années, à compter du premier Avril de ladite année 1733 & que pour l'exploitation dudit Privilege, ledit Sieur Exposant se trouve obligé de faire imprimer & graver les Paroles & la Musique des Opera qu'ils doivent être représentés ; mais que pour cet effet il a besoin de notre Permission & des Lettres qu'il Nous a très-humblement fait supplier de lui accorder. A CES CAUSES, voulant favorablement traiter ledit Exposant : Nous lui avons permis & permettons par ces Présentes de faire imprimer & graver *les Paroles & Musique des Opera, Ballets & Fêtes qui ont été ou qui seront representés par l'Academie Royale de Musique, tant séparément que conjointement* en tels Volumes ; forme, marge, caractere, & autant de fois que bon lui semblera, & de les faire vendre & débiter par tout notre Royaume ; pendant le temps de vingt-neuf années consecutives à compter du jour de la datte desdites Présentes. Faisons défenses à toutes personnes, de quelque qualité & condition qu'elles soient d'en introduire d'Impression ou Gravure Etrangere dans aucun lieu de notre obéïssance : Comme aussi à tous Imprimeur, Libraire, Graveurs, Imprimeurs, Marchands en Taille-Douce, & autres de graver, ni faire graver, imprimer, ou faire imprimer, vendre, faire vendre, débiter ni contrefaire lesdites Impressions, Planches & Figures de Paroles, de Musique des Opera, Ballets & Fêtes, qui ont été ou qui seront representez par ladite Academie Royale de Musique, tant séparément que conjointement en tout ni en partie, sans la permission expresse & par écrit dudit Sieur Exposant, ou de ceux qui auront droit de lui ; à peine de confiscation, tant des Planches & Figures, que des Exemplaires contrefaits & des Ustanciles qui auront servi à ladite contrefaçon, que Nous entendons être saisis en quelque lieu qu'ils soient trouvez ; de dix mille livres d'amende contre chacun des Contrevenans, dont un tiers à Nous, un tiers à l'Hôtel-Dieu de Paris, l'autre tiers audit Sieur Exposant, & de tous dépens, dommages & intérests, à la charge que ces Présentes seront enregistrées tout au long sur le Registre de la Communauté des Libraires & Imprimeurs de Paris, dans trois mois de la datte d'icelles ; que la Gravure & Impression desdites Paroles & Opera sera faite dans notre Royaume & non ailleurs, en bon papier & beaux caracteres, conformément aux Reglemens de la Librairie, & notamment à celui du dix Avril 1725. & qu'avant de les exposer en vente, les Manufcrits gravés ou imprimés feront remis dans le même état où les Approbations auront été données ès mains de notre très-cher & feal Chevalier Garde des Sceaux de France, le Sieur Chauvelin; & qu'il en fera enfuite remis deux Exemplaires de chacun dans notre Bibliotheque publique, un dans celle de notre Château du Louvre, & un dans celle de notre très-cher & feal Chevalier Garde des Sceaux de France, le Sieur Chauvelin: Le tout à peine de nullité des Préfentes; Du contenu defquelles Vous mandons & enjoignons de faire jouir ledit Sieur Expofant, ou fes Ayants-caufe, pleinement & paifiblement fans fouffrir qu'il leur foit fait aucun trouble ou empêchement. Voulons que la Copie defdites Préfentes, qui fera imprimée tout au long au commencement ou à la fin defdites Paroles ou Opera, foit tenue pour dûement fignifiée; & qu'aux Copies collationnées par l'un de nos amés & feaux Confeillers & Secretaires, foy foit ajoûtée comme à l'Original. Commandons au premier notre Huiffier ou Sergent, de faire pour l'exécution d'icelles tous Actes requis & neceffaires, fans demander autre permiffion, & nonobftant Clameur de Haro, Chârte Normande & Lettres à ce contraires. C A R tel eft nôtre plaifir. D O N N E' à Fontainebleau le douziéme jour de Novembre, l'An de Grace mil fept cent trente-quatre, & de notre Regne le vingtiéme: *Et plus bas*, Par le Roy en fon Confeil. *Signé* S A I N S O N, avec paraphe.

Regiftré fur le Regiftre VIII. de la Chambre Royale des Libraires & Imprimeurs de Paris, N. 797. fol. 779. conformément aux anciens Réglemens, confirmés par celui du 28 Février 1723. A Paris le 23 Novembre 1734.

G. MARTIN, *Syndic.*

De l'Imprimerie de la Veuve DELORMEL, rue du Foin, à Sainte Geneviéve, 1746.